AF257000